CUENTOS DE ENREDOS Y TRAVESURAS

COORDINACIÓN:

Ediciones   Huracán

Editora: Carmen Rivera Izcoa
Diseño: Rafael Rivera Rosa
Portada: Rafael Rivera Rosa
Ilustración de portada: Rosario Núñez de Patruco
Tipografía: Mary Jo Smith Parés

© 1986 Centro Pedagógico y Cultural de Portales, *Bolivia*; Editora Atica, *Brasil*; Editorial Norma, *Colombia*; Editorial Gente Nueva, *Cuba*; Editorial Andrés Bello, *Chile*; Ministerio de Educación y Cultura, *Ecuador*; Editorial CIDCLI, *México*; Editorial Nueva Nicaragua, *Nicaragua*; Ediciones PEISA, *Perú*; Ediciones Huracán, *Puerto Rico*; Editora Taller, *República Dominicana;* Ediciones Ekaré-Banco del Libro, *Venezuela*.

Primera reimpresión, 1992
Segunda reimpresión, 1994
Tercera reimpesión, 1994
Cuarta reimpresión, 1997
Impreso por Editoláser
Impreso en Colombia — Printed in Colombia
Mayo, 1997

CUENTOS DE ENREDOS Y TRAVESURAS

Coedición Latinoamericana

PRESENTACION

¿Quién no ha escuchado decir alguna vez que si un niño no es travieso y enredador es porque está enfermo? El comentario es muy cierto: todos los niños del mundo, cuando están en su sano desarrollo, son traviesos y enredadores.

Esa es la manera que tienen de dar señales de su vitalidad y de gastar los "excedentes" de su infinito caudal de energía. Es también la forma en que todo su ser, colmado de vida y de fuerzas naturales, se pone en comunicación con cuanto le rodea. El mundo entero se abre y se ofrece, a veces en forma puramente imaginaria, a su ansia de conocer y a los juegos inagotables de su fantasía.

No es de extrañar, por lo tanto, que muchos de los cuentos tradicionales —los que han surgido del pueblo y se han trasmitido oralmente de generación en generación— y sobre todo los dirigidos a los niños, tengan por tema, único o privilegiado, la realización de alguna travesura.

Son las maldades inocentes, cargadas de ingenio y de imaginación, con que uno o varios niños —o quizás una Tía Zorra o un Compadre Cuy, que para los efectos es igual— dan rienda suelta a su fantasía para resolver los problemas con que nos hace topar la vida. Otras veces, como en el caso de doña Durvalina, se trata de artimañas para sacar adelante a sus familias o a sus amigos en dificultades. En muchas ocasiones el protagonista se burla con gracia de los prójimos descuidados, o se venga, con humor y risa, de las imposiciones incongruentes de los adultos.

También los niños de nuestra América son amantes de las travesuras y en sobradas ocasiones sus propias maldades han dado ocasión para que sean representados como protagonistas de cuentos populares y divertidas aventuras.

En el manojo de relatos que integra esta selección, el que realiza la travesura no siempre es un niño. A veces puede tratarse de una zorra, un mosquito, o hasta una madre de nueve hijos, lo que no impide que las mismas resulten igualmente chistosas y divertidas.

Este volumen viene a ser el séptimo de un esfuerzo editorial que ya reúne doce países, conocido como la Coedición Latinoamericana. El objetivo de la serie es divulgar y promover la cultura tradicional de nuestros pueblos, para lo cual cuenta con los auspicios del Centro Regional para el Fomento del Libro en América Latina y el Caribe (CERLALC) y la UNESCO.

VENEZUELA

Tia Zorra
Y Los Peces

TIA ZORRA Y LOS PECES

*es un relato de la tradición popular venezolana.
Pertenece al grupo de cuentos de Tío Tigre y Tío Conejo
que se encuentran, en diversas versiones, en las zonas de
América donde hubo plantaciones y esclavos africanos.
Por esta razón, los estudiosos dicen que estos cuentos de
animales son de origen africano.
Esta versión del cuento es de Rafael Rivero Oramas
(1904), una de las figuras más destacadas de la literatura
infantil venezolana. Fue fundador y director de las
revistas infantiles: **Onza, Tigre y León** y **Tricolor.**
Durante muchos años fue productor y realizador de
programas de radio para niños. **Tía Zorra y los peces**
forma parte de su libro **El Mundo de Tío Conejo,**
publicado por primera vez en 1970 por Ediciones
Tricolor del Ministerio de Educación y reeditado por
Ediciones Ekaré-Banco del Libro en 1985.
La ilustradora, Alicia Ulloa (1949), estudió diseño gráfico
en la Facultad de Bellas Artes de la Universidad de Chile.
Actualmente vive en Venezuela, donde trabaja como
ilustradora de libros para niños.*

GLOSARIO

Guabina *(Hoplias malabaricus): Es un pez de agua
dulce, que mide cerca de 50 cms. de largo. Tiene grandes
escamas plateadas con tonos verdosos en los bordes.*

Un día, muy de mañana, Tío Zorro andaba por el bosque y, al pasar junto a un río, vio una gran cantidad de peces nadando dentro de un pozo. Entusiasmado, se puso a pescar y eran tantos los peces y estaba tan hambriento, que en muy corto tiempo pescó tres hermosas guabinas.

Muy contento se fue a su casa y le dijo a su mujer:

—¡Tía Zorrita, mira qué suerte tuve hoy!

—¡Oh, qué guabinas tan enormes!— exclamó Tía Zorra, relamiéndose de gusto.

—Sí, son tan grandes que bastará con una sola para cada uno de nosotros. Por eso he pensado en convidar a Tío Tigre a almorzar; conviene tenerlo siempre agradado.

—Como tú digas, querido Tío Zorro. Freiré con mucho esmero las guabinas. ¡Quedarán muy ricas! Ve a invitar a Tío Tigre.

Tío Zorro se frotó las manos satisfecho, y salió en busca de Tío Tigre.

Tía Zorra se puso a preparar los peces. Cuando estuvieron bien fritos, era tan apetitoso el olor que despedían que murmuró:

—Voy a probar la guabina que me toca, a ver si ha quedado bien de sal. Un pedacito nada más; pues, sería muy feo si me la como toda antes de que llegue Tío Zorro con el invitado.

Comenzó a pellizcar el pescado, y lo encontró tan

sabroso que se olvidó de cuanto había dicho. En pocos segundos el plato quedó limpio.

—Estaba deliciosa. Es necesario que pruebe la de Tío Zorro; él es muy delicado, y si la guabina suya no está bien frita, seguro que se molestará.

Se comió la colita tostada, luego una aletica, después la cabeza, y, cuando vino a fijarse, toda la guabina de Tío Zorro había desaparecido.

—¡Dios mío, me la he comido íntegra!— exclamó—. Pero el daño está hecho; ya no importa que me coma también la última.

Y se la comió, igualmente.

Al fin, llegó Tío Zorro acompañado de Tío Tigre y le preguntó a su mujer:

—¿Has preparado ya las guabinas?

—¡Claro que sí! Las tengo todavía puestas al fuego para que no se enfríen— mintió ella.

—Sírvelas pronto, que tenemos mucho apetito. ¿Verdad Tío Tigre?

—Indudablemente, Tío Zorro. Yo, por lo menos... Y con el olorcito a pescado frito que hay aquí...

—Voy a poner la mesa. Siéntese allí, Tío Tigre. Ese es su puesto.

—Gracias, Tía Zorra.

Tío Tigre se sentó, y la Tía Zorra llamó aparte a su marido.

—Anda al patio y afila bien los cuchillos, pues las guabinas eran muy viejas y han quedado sumamente duras.

Tío Zorro corrió al patio, y a los pocos momentos empezó a escucharse el ruido que hacían los cuchillos contra la piedra de afilar.

Tía Zorra se acercó a Tío Tigre y le dijo:

—¿Escucha usted? Es que mi marido está afilando un cuchillo. Se ha vuelto loco y tiene la manía de comerse las orejas suyas, Tío Tigre; para eso lo ha traído a usted aquí. ¡Huya, antes de que él regrese, por favor!

Tío Tigre se llenó de espanto y salió de la casa a todo correr.

Entonces Tía Zorra comenzó a gritar:

—¡Tío Zorro, Tío Zorro! Ven pronto, que Tío Tigre se llevó todas las guabinas.

Tío Zorro, con un cuchillo en cada mano, echó a correr detrás de Tío Tigre.

—¡Tío Tigre, Tío Tigrito!— le decía. —¡Deme siquiera una solita!

Y Tío Tigre, creyendo que Tío Zorro se refería a sus orejas, apretó el paso, lleno de miedo, y no paró hasta que estuvo bien seguro en su casa.

BOLIVIA

¡NO SE OYE!

¡NO SE OYE!
*es una adaptación para niños de un cuento popular
sobre curas. Las relaciones de picardía entre el sacristán
y el cura de pueblo, han permitido la recopilación de
distintas versiones de relatos populares. En todas ellas,
la disculpa mutua de sus errores ha dado lugar a
divertidas narraciones.*

*La adaptación fue realizada por Gaby Vallejo de
Bolívar, profesora y escritora boliviana, ganadora del
premio nacional de novela Erich Guttentag con* **Los
Vulnerables** *e* **Hijo de Opa.** *Entre sus obras para niños
están:* **Juvenal Nina** *y* **Detrás de los Sueños.***

*El ilustrador, Jesús Pérez, forma parte del equipo de
ilustración de la Editorial Infantil "Luciérnaga", con
quienes ha elaborado un importante material para la
educación rural. Colabora, además, en la revista para
niños* **Chaski** *del Centro Portales.*

El padre Sebastián miró a Pedro, que le sonreía tímidamente. El niño tenía los pies descalzos.

La madre de Pedro tenía muchas bocas que alimentar y ese día se le ocurrió llevarlo a la iglesia para que le sirviera al padre como monaguillo y ayudante.

Las relaciones entre el padre Sebastián y Pedro fueron muy buenas desde un principio. El padre le compró zapatos y hasta un cuaderno, pero ocurrió, como en todas partes, que aun los curas sufren tentaciones.

Era un día en que Pedro había recibido de su madre, como regalo de cumpleaños, una bolsa llena de tostado y dos quesos secos. El niño, después de invitar al padre, guardó el resto en su cuarto. Pero el gusto del queso y del tostado se quedaron en la boca del padre Sebastián. Esas golosinas le recordaban los tiempos de su niñez y no podía resistir las ganas de seguirlas comiendo. Sin que el niño viera, se robó un pedazo de queso y un puñado de tostado.

Por la noche, cuando el niño abrió su bolsa, se dio cuenta de que faltaba la mitad de un queso y algo de tostado. Se echó en su cama y se puso a pensar quién habría sido. Y por más que daba vueltas y vueltas al asunto, no encontraba más culpable que el padre Sebastián.

Pero, tan buen chico como era, decidió confesarse al día siguiente de los malos pensamientos que

había tenido. Después de largar otros pecadillos, todo temeroso, le dijo al cura:

—Padre Sebastián, he tenido un mal pensamiento, he pensado... he pensado... —y se calló.

—¡Vamos! ¿Qué pasa?— dijo el cura.

—Es que he pensado que... he pensado que usted se ha robado de mi queso y de mi tostado.

El cura no contestó y como el niño le repitió, poniéndose rojo de vergüenza, el cura dijo —No se oye— y rápidamente le dio un "Padre Nuestro" de penitencia.

Pedro se quedó muy intrigado. En vez de limpiarse de los malos pensamientos con la confesión, le parecía que era cierto que el cura le había robado. Era como si alguien le dijera que el padre Sebastián se había hecho el sordo y que por eso le perdonó tan rápidamente. Tanto le persiguió el asunto todo el día, que le vino a la cabeza una idea. El también podía robarle al cura unos confites que le había visto guardar en la petaca de su dormitorio. Todo sucedió a las mil maravillas. El padre Sebastián salió a dar una misa a un pueblo vecino que no tenía cura, pero sí sacristán, de tal modo que no necesitó monaguillo en la misa. Ya solo, Pedro saboreó a su gusto unos cuantos confites.

Como parecía que el padre Sebastián no advirtió la falta de algunos confites, Pedro no perdió la oportunidad de volver a robar al día siguiente aprovechando que cuando entraba el padre al baño, tardaba mucho. Así sucedió al día siguiente, y al otro día y al otro.

Al llegar el sábado, el padre Sebastián le dijo que se acercara al confesionario porque el domingo tenía que comulgar. Ya frente a frente, separados solamente por la rejilla del confesionario, Pedro oyó decir al padre:

—Pedrillo, ¿no has visto quién entra a mi cuarto a robarse los confites?

El niño no contestó nada. Estaba que temblaba. Entonces el cura volvió a repetir la misma pregunta:

—¿No has visto quién entra a mi cuarto a robarse los confites?

Con una chispa de astucia, recordando la respuesta que el otro sábado le había dado el cura, contestó:

—¡No se oye, padre!

El cura se quedó mudo y sorprendido detrás de la reja. Se sonrió y despachó muy pronto al muchacho.

Cuando volvieron a encontrarse, había una pícara mirada en los ojos de ambos. Nunca, nunca se volvieron a preguntar esas cosas, porque nunca, nunca se volvieron a robar.

PERU

EL ZORRO
Y EL CUY

EL ZORRO Y EL CUY

es un relato de la tradición oral de los Andes peruanos y se encuentra muy difundido en diversas regiones del Perú. Fue recopilado por Arturo Jiménez Borja, quien lo incluyó en la selección que bajo el título de **Cuentos y Leyendas del Perú,** *publicó en 1940. Un relato muy similar es publicado por Manuel Robles Alarcón en su libro* **Fantásticas Aventuras de Atoj y el Diguillo,** *en 1974.*

La presente versión pertenece a César Vega Herrera, escritor y periodista nacido en Arequipa en 1936. Vega es autor de cuentos y obras de teatro para niños y adultos y ha merecido diversos premios literarios.

Las ilustraciones pertenecen a Rosario Núñez de Patruco, pintora nacida en Lima. Núñez trabaja en la ilustración de libros para niños desde 1969 y ha sido merecedora en tres oportunidades de la placa de oro en la Bienal de Bratislava. Ha ilustrado más de 30 libros infantiles.

GLOSARIO

Cuy: *Roedor oriundo del Perú, Ecuador y Bolivia. Fue domesticado por las culturas Pre-Incas y sus antecesores. Su carne es sumamente agradable.*

Chactado: *El cuy chactado es un exquisito plato típico de Arequipa. Se prepara por la noche, con bastante ají, ajo, sal, comino y vinagre. Así se remoja hasta el día siguiente en que se lo escurre y apana con harina de maíz. Luego será aplastado (chactado) con una piedra lisa y finalmente dorado. Se sirve acompañado de papas y ensalada.*

Don Emicho, muy sorprendido, un día que regresó del mercado, encontró grandes destrozos en su alfalfar. Las plantitas estaban medio desenterradas, botadas y mordisqueadas.

—Qué cosa tan rara— se dijo pensativo —¿Quién habrá sido?

Algo debía hacer antes de que el intruso se comiera y destrozara todo su verde alfalfar. Entonces se le ocurrió una idea.

—Ya sé, ya sé— sonrió, y con unos palos, ramas y espinas se puso a hacer una trampa.

Pasaron cuatro días y el intruso no volvió. Don Emicho se dijo:

—Quizá mi trampa lo asusta— y se puso a hacer una trampa más pequeña. Después se fue a dormir.

Ya estaba soñándose bailando en la feria del pueblo, cuando lo despertaron unos chillidos. Se levantó rápido. Corriendo fue a su alfalfar y vio que en la trampa estaba un cuy, ¡ya iba a escaparse! Pero don Emicho dio un salto y cogió al cuy.

—¿Con que tú eres el que destrozaba mi verde alfalfar, no?— le dijo mientras lo amarraba en un árbol, pensando en comer cuy chactado, con papas, maní y ají.

¡Cómo se relamía de puro gusto! Y el cuy no podía ni moverse.

—Cuando salga el sol vendré a cocinarte— le

advirtió don Emicho, y regresó a seguir durmiendo, pues todavía era de noche.

El cuy estaba bastante preocupado, ¿qué haría para poder escapar? Cuando en eso pasó por allí un zorro.

—¡Compadre! ¿Qué ha pasado?— le dijo.

—Nada compadre— sonrió el cuy. —Don Emicho tiene tres hermosas hijas y quiere casarme con la mayor, con Florinda pues.

—¿Y por eso estás amarrado?— se asombró el zorro.

—Por eso mismito— prosiguió el cuy. —Don Emicho cree que si me caso con Florinda aprenderé a comer gallinas. Ellos sólo comen aves, compadre. Además yo no quiero casarme.

—¡A mí me gusta comer gallinas!— se entusiasmó el zorro.

—Hummm— dijo el cuy, —¿quisieras cambiar mi suerte? ¿Te casarías con la hermosa Florinda y comerías gallinas todos los días?

El zorro, muy contento, desamarró al cuy y se puso en su lugar. El cuy lo ató lo más fuerte que pudo, y se despidió muy serio.

Cuando don Emicho salió de su casa para cocinar al cuy, casi se cae de sorpresa al encontrar al zorro bien amarrado y sonriente.

—¡Me las vas a pagar!— se enojó. —¡Con que

anoche eras cuy y ahora te has convertido en zorro!— y agarrando un palo empezó a golpearlo.

—¡Me casaré con Florinda, me casaré!— gritaba el zorro, soportando los palazos. Y sin parar de llorar le contó cómo había sido engañado por el cuy.

A don Emicho le bailaba la barriga de tanta risa.

Pasó el tiempo. El zorro anduvo buscando al cuy. Hasta que un día lo encontró durmiendo lo más bien.

—Ahora me las pagas— murmuró el zorro.

El cuy al verse descubierto se paró de dos patitas debajo de una gran piedra, y le dijo:

—Compadre, el mundo se viene abajo, hay que contenerlo. ¡Ya me canso! ¿No ves que ya me canso?

El zorro creyó que de verdad el mundo se venía abajo. Se asustó, cerró los ojos y sin pensar más se puso a sostener la gran piedra.

—Voy por una estaca, compadre, no vayas a soltar la piedra, ¡ahorita mismo regreso!— le dijo el cuy, suspirando.

El zorro estuvo esperando más de una hora. Sudaba. Y no soltaba la gran piedra porque tenía miedo de morir aplastado por el cerro y por todo el mundo. Pasaron más de tres horas. Y no sucedió nada. El zorro, muy cansado, soltó la enorme piedra. Y tampoco sucedió nada. Entonces se dio cuenta de la astucia del cuy, y se puso a llorar y patalear de cólera. Pero no tardó mucho en volverlo a encontrar.

—Ahora sí que no se me escapa— pensó, observando a todo lado.

El cuy estaba descansando, adormecido por el brillante sol del mediodía. El zorro, enseñando los dientes blancos, empezó a acercarse, muy seguro y sin ningún apuro. Y el cuy al verlo así de molesto, caminando hacia él, se puso a escarbar y a escarbar, sin dejar de gritar muy confundido:

—¡Rápido compadre, rápido que ya llega el fin del mundo!

—¿El fin del mundo?— se detuvo el zorro.

—¡Lloverá fuego, compadrito!— y siguió escarbando cada vez más agitado.

—¿Lloverá fuego?— empezó a sentir miedo el zorro.

—¡Claro, lloverá candela! ¡Y disculpa que no hay tiempo para seguir hablando!— y alejó al zorro con su patita.

Y el zorro, más asustado que nunca, se puso a cavar junto al cuy mientras le decía:

—Yo te ayudo, compadre, yo te ayudo.

Cuando el hoyo estuvo bien profundo, y al ver que el cuy ya iba a saltar adentro, él mismo se metió rogando:

—¡Yo primero! ¡No quiero morir quemado! ¡Tápame con tierra, hermanito! ¡Tápame rápido, por favor!

El zorro tenía tanto miedo que él solo imaginó que ya llegaban los primeros rayos y truenos, y que faltaba poco para que empezara a llover fuego del cielo. En realidad era un zorro muy asustadizo y nervioso.

—Está bien— le dijo el cuy, tapándolo con tierra y con piedras. —Yo te voy a enterrar para que te salves, pero prométeme que nunca más olvidarás mi amistad y mi sacrificio.

—¡Lo prometo, lo prometo!— agradecía el zorro, apenas con el hocico afuera.

Y así fue como el astuto cuy se libró para siempre del zorro.

MEXICO

FANCIQUIO

FANCIQUIO

es un antiguo cuento mexicano que narra las aventuras de un pillo de la zona de Veracruz, estado de la costa oriental del país.

*Pascuala Corona, quien dedicó parte de su vida a recopilar aquellas historias tradicionales que contaban abuelitas, madres y nanas, dejó en forma escrita ésta y muchas más historias en una antología titulada **Cuentos Mexicanos**, publicada en 1945. En el prólogo, Pascuala Corona escribe sobre estos cuentos y dice: "La tradición oral era la única encargada de transmitirlos y como la costumbre de contar ha ido desapareciendo, los cuentos se han ido perdiendo con ella.*

El ilustrador, José Palomo Fuentes, nace el 22 de noviembre de 1943 en Santiago de Chile y vive en México desde 1973.

*Su característico humor para ilustrar ha recorrido las páginas de importantes periódicos y revistas tales como: **El día, Uno más uno, La Jornada; Revista del Consumidor, Comunidad Informática, Nutrición,** etcétera. Ha ilustrado los libros de texto de **Educación para Adultos**, de la Secretaría de Educación Pública, así como **Matías y el pastel de fresas**, libro para niños que publicó en conjunto Edilin y la SEP.*

GLOSARIO

mecate: *tira larga y angosta o soga hecha de corteza vegetal, que sirve para atar.*
jarocho: *nativo del puerto de Veracruz y, aun por extensión, habitante de este lugar.*

Esto que les voy a decir, bien contado, tiene mucho chiste, pues trata de las aventuras del negro Francisco.

Ahí tienen que Fanciquío, como él mismo se decía, era jarocho y dejó Veracruz porque ya estaba cansado de no hacer nada y se le hizo fácil irse a probar fortuna.

Después de recorrer muchos caminos llegó a un pueblo, pero por más que pedía trabajo solamente lo ocupaban de mandadero, así que había días que tenía que acostarse sin probar bocado.

Entonces dejó ese pueblo y se puso en camino de otro, cuando pasó por un rancho y pensó en detenerse a pedir trabajo.

El dueño del rancho salió a hablarle, pues le hacía falta un muchacho que igual le sirviera de pastor que como ayudante de una criada vieja llamada Marina, que era la que hacía los quesos y la mantequilla. Así que le interesó el negrito y empezó por preguntarle qué era lo que sabía hacer. A lo que Fanciquío le dijo:

—Pos siñor amo, la verdá, no sé hacer ná, pero tengo voluntá.

Al amo le hizo gracia la franqueza, pero como era muy desconfiado y sus quesos le importaban más que nada en el mundo, quiso saber qué riesgo corrían con Fanciquío, por lo que le dijo:

—A ver muchacho. ¿Te gustan los quesos?

—¿Y qué es eso?— preguntó Fanciquío.

—Pues queso—, dijo el amo.

—No sé qué es eso—.

Y eso le valió el trabajo, pues el ranchero, pensando que el muchacho le convenía porque no conocía los quesos, lo tomó a su servicio.

Fanciquío, que era muy listo, se ganó por completo a la vieja Marina que hacía los quesos, pues además de llamarla Malinguía, la ayudaba en todo lo posible.

La viejita le tomó tanto cariño que se hacía la desentendida cuando el negrito se bebía la leche o se comía la mantequilla. Pero el goloso de Fanciquío no se conformó con eso sino que un día se le antojó un queso que estaba en la tabla más alta de la quesera.

Y ¿qué es la quesera? —Dirán ustedes—. Pues la quesera es un cuarto donde hacen los quesos. En las paredes están colgados con mecates unas tablas con agujeros por donde destila el suero de los quesos cuando están cuajando. A esas repisas les llaman en los ranchos sarzos y sirven también de trasteros.

Y como les iba diciendo, cierto queso que estaba arriba se le antojó a Fanciquío que, aprovechándose del cariño que le tenía la vieja, le dijo:

—¡Malinguía, déjame subí, na má quiero probá!

La viejita, que no tenía corazón para negarle

nada, lo dejó que se subiera mientras ella desde la puerta espiaba si venía el amo.

Y el amo se apareció. Malinguía buscó con los ojos a Fanciquío y al ver que se le asomaba un pie, pensó en aconsejarle de una manera disimulada que lo escondiera.

Así que le cantó:

> *Francisquillo*
> *Que está en la quesera*
> *Que esconda la pata*
> *Que tiene de fuera.*

Pero Fanciquío nada que le hacía caso, por lo que la vieja pensó en decírselo imitando su modo de hablar, así que le cantó:

> *Fanciquío*
> *Que está en la quesea*
> *Que esconda la pata*
> *Que tiene de fuea.*

Francisquillo comprendió lo que pasaba, pero al encoger el pie reventó los mecates que sostenían la tabla y ahí vienen el negrito, la tabla y los quesos.

El amo, al verlo, le preguntó qué andaba haciendo allá arriba.

—E que venía yo de lo cielo, a que me prete a Malinguía pa que le haga queso a lo angelito.

—Al que te voy hacer angelito va a ser a ti,

muchacho mentiroso, que por andar de tragón me tiraste el sarzo y echaste a perder los quesos que ya habían cuajado. ¡Largo de aquí! ¡Vete a dar guerra a otra parte!

Y Fanciquío tuvo que irse y dejar a Maringuilla.

Después de mucho caminar esperando encontrar fortuna en otra parte, se le hizo de noche a la entrada de un pueblo. Entonces tocó en la primera casa que encontró y una viejecita muy simpática salió a abrirle y a preguntarle qué se le ofrecía.

El negrito le pidió trabajo y la viejita le dijo que no tenía en qué ocuparlo, que entre ella y su hermana hacían todo el quehacer. Entonces Fanciquío le dijo:

—Ma que no me pague niña, que no e la paga lo que quiero, sino un rincón donde dormir.

A la viejita le dio lástima el negrito, y como ya era tarde, pensó dejarlo que se quedara a pasar la noche. Fanciquío se hizo simpático y se quedó esa noche y la siguiente y así se fue quedando, pues las viejitas estaban a cual más encantada con él; sobre todo Fanciquío les festejaba tanto sus guisos que ya no hallaban qué hacerle, pues daba gusto verlo comer. El negrito se sintió como en su casa y cada día se volvía más comelón.

Pero ahí tienen ustedes que un día una de las viejas se enfermó y la otra, para poder curarla llamó

a Fanciquío y le dijo que fuera a la botica a comprar una jeringa.

—¿Y qué es eso de quilinga?— preguntó el negrito.

—Tú ve y tráela— le dijo la viejita, —lo demás no te interesa.

El negrito para que no se le fuera a olvidar el encargo iba todo el camino repitiendo:

—¡Quilinga, quilinga!...

Y en esas estaba cuando al voltear una esquina se encontró con otro negrito paisano suyo y tanto se entretuvo en contarle sus aventuras, que se olvidó de lo que le habían encargado, entonces muy enojado le dijo a su amigo:

—Qué suerte ma negra la mía, en mala hora te encontré; por tu culpa volveré a pasá hambre; que me van a corré; que seré muy desgraciao; que me has hecho olvidá el encargo; pa eso sirven lo amigo.

Y así siguió quejándose y gritando hasta que el amigo le dijo:

—¿Y yo qué tengo que vé en eto?, ¡en valiente cosa me ha metido, yo no tengo la culpa de na, con lo que te gutan a ti las aventuras, que má te dá que te corran?

—Pero que ya etoy cansao de corré mundo, ahora tengo siempre la barriga llena y el corazón contento; que quiero a las viejas como si jueran mis ojos; que voy a perdé el trabajo; que me voy a quedá sin comé y too por tu culpa, mal amigo, cara sucia.

Todo esto le dijo Fanciquío a su amigo y el otro le contestó:

—¡Mira, que ya etoy cansao!, ¡si te gutó bien, si no, ve a jeringá a otra parte!...

—¡Eso es!— le dijo Fanciquío, —¡quilinga, quilinga!, eso fue lo que me encargaron; ere mi amigo, mi gran amigo; si no hay como lo amigo: ¡quilinga, quilinga!

Y el otro negrito al escucharlo le dijo:

—Estás loco, Fanciquío, que te ha vuelto loco.

Pero Fanciquío ya ni lo escuchó, corrió a la botica, compró la jeringa y se la llevó a la viejita.

Y allá ha de estar si no lo han corrido y yo con él y tú conmigo.

PUERTO RICO

LO SIENTO
PERO NO LO VEO

LO SIENTO PERO NO LO VEO

es un cuento de la tradición oral puertorriqueña, recogido en la región de Guayama por Ana Zabaleta y Ana María Santana. La autora de esta versión, Ana Lydia Vega, trabaja como profesora de francés en la Universidad de Puerto Rico. Es una de las más destacadas escritoras puertorriqueñas, con tres libros publicados. Ha sido galardonada con varios premios literarios.
El ilustrador, Iván Martín (1963), es graduado de Artes Plásticas de la Universidad de Puerto Rico. Ha participado en varias exposiciones colectivas.

GLOSARIO

cafetín: *tienda donde se venden bebidas alcohólicas.*
darle de arroz y de masa: *propinarle una paliza.*
le pusieron pichón: *dieron por terminado.*
se daba el palo: *bebía licor.*

En el barrio Puente Jobos del pueblo de Guayama, como en todos los barrios del mundo, había un hombre a quien le gustaba demasiado el ron. Tanto y tan seguido se daba el palo, que el poco dinero que se ganaba abriendo zanjas para la siembra de caña se lo gastaba completito en el cafetín. Como apenas le quedaba para comer, vivía de la bondad de los vecinos en una casuchita abandonada al final de un callejón.

A los niños del barrio no les caía muy bien El Gallo, que así llamaba la gente al borrachón. Porque además de bebedor era cascarrabias. Y cuando los muchachitos lo sacaban de su sueño pesado, al venir a tumbarle las guayabas del árbol que quedaba justo detrás de la casucha, el hombre se levantaba furioso para insultarlos y tirarles cocos secos desde el balcón.

La guerra entre los niños y El Gallo se iba poniendo peor con el tiempo. A veces hasta lo seguían por la calle, imitando los tumbos que le hacía dar el ron. La risa de los vecinos le avisaba a El Gallo que tenía a los niños detrás. Entonces, giraba y los corría, gritando a todo pulmón:

—¡Deja que los agarre, manganzones!
Pero los niños siempre se escapaban.

Millito y Felín eran los dos chicos más traviesos del barrio. Por algo les decía a menudo su mamá, mirándolos fijamente a los ojos:

—Que yo no me entere de que ustedes andan molestando a ese pobre hombre porque les voy a dar de arroz y de masa...

Pero la maldad que se les había ocurrido a los hermanitos era tan y tan divertida que le pusieron pichón a las advertencias de su mamá.

Una noche en que El Gallo estaba haciendo de las suyas en el cafetín, Millito y Felín se escondieron detrás de un arbusto en el callejón oscuro. Buen rato estuvieron esperando que el hombre decidiera regresar a su casa. Ya casi estaban a punto de quedarse dormidos cuando lo vieron llegar, hablando solo y tambaleándose más que limonero en temporal. Daba dos o tres pasos y se detenía, haciendo lo imposible para no caerse de la cuerda floja invisible en la que parecía caminar.

En una de esas paradas, se le acerca Millito por detrás y, con mucho cuidado, le cuelga una mata de plátano seca, amarrada por un pedazo de soga, al cinturón de los pantalones. Al caminar el borracho, las hojas se arrastraban y hacían ruido. El hombre miraba a su alrededor, no veía a nadie y seguía andando mientras murmuraba:

—Lo siento pero no lo veo...

Atacados de la risa, Millito y Felín lo observaban desde su escondite. Y volvía el borracho a caminar y las hojas secas a sonar sobre el camino. Y, dándose la vuelta, volvía El Gallo a murmurar, con la lengua enredada por el ron:

—Lo siento pero no lo veo...

Millito y Felín se tapaban la boca para no soltar las carcajadas que les hacían cosquillas por dentro. Y otra vez caminaba El Gallo. Y otra vez las hojas secas lo obligaban a detenerse y a repetir, confundido:

—Lo siento pero no lo veo...

Así estaban las cosas cuando, con una voz grave y roncota como la de un alma en pena, salió tronando Felín:

—¡Arrepiéntete, Gallo, que te vengo a buscar!

Esta vez sí que El Gallo no se viró para ver quién era. Creyéndose que se trataba de la mismísima muerte echó a correr como lagartijo azorado por aquel callejón oscuro. De tan borracho que iba, se caía con todo y rabo y con todo y rabo se levantaba para seguir tratando de correr en dirección a la casucha.

—¡Lo siento pero no lo veo! remedó Millito, estallando en carcajadas.

—¡Lo siento pero no lo veo! repitió Felín.

De pronto, resonó en el callejón oscuro una voz que los dejó a todos tiesos y mudos del terror:

—¡Pues yo sí que los veo! ¡Y lo que van a sentir ya mismito es ésto que está aquí!

Y no se sabe de seguro si fue un espíritu burlón o

la mamá de los niños que, con el fuete en la mano, les cayó encima como un chaparrón...

Cuentan los vecinos del barrio Puente Jobos de Guayama que, del susto, El Gallo estuvo un buen tiempo sin darse el palo.

CHILE

Antonio
Y El Ladron

ANTONIO Y EL LADRON

*es un cuento de la tradición oral chilena, recreado por Saul Schkolnik. El autor es arquitecto, licenciado en Filosofía y escritor especializado en literatura infantil. Tiene numerosas publicaciones, incluyendo **El cazador de cuentos**, que obtuvo el primer lugar en el Concurso Latinoamericano de Literatura Infantil de 1978, convocado por la UNESCO.*
El ilustrador, Carlos Rojas Maffioletti, es licenciado en Arte con mención en Pintura y Egresado de Pedagogía en Artes Plásticas de la Universidad de Chile, donde ahora trabaja como profesor. Se desempeña además como diseñador gráfico de libros. Ha participado en varias exposiciones individuales y colectivas.

Un niño llamado Antonio estaba jugando en el corredor de su casa.

Vino su mamá y le dijo:

—¡Oye Toño!, anda al pueblo a comprar harina y manteca que se me han acabado— y le pasó un montón de monedas. —¡Y cuidadito, que no se te vayan a perder!

Antonio se las guardó bien guardadas en el bolsillo y poniéndose su manta y su sombrero partió a Toconce, que no más quedaba al otro ladito del cerro, apretando el dinero con la mano.

Iba silbando muy alegre, cuando de repente miró para atrás y ahí venía un hombre siguiéndolo. Nadita bien le pareció esto al niño, así que aprovechando una curva del camino, se sacó el sombrero, lo colocó en el suelo, le metió debajo una piedra y aparentó estar sujetándolo bien, pero bien firme.

Llegó el hombre —que era un ladrón— hasta donde estaba Antonio y le preguntó:

—Dime, ¿qué tienes en el sombrero?

—Una gallina tengo encerrada, pero es tan astuta que si la suelto ¡guay, de inmediato se me vuela! ¿Por qué no me la sujetas un rato?, yo voy a buscar una jaula— le pidió Antonio.

"Cuando este chiquillo tonto se vaya yo me quedo con la gallinita en vez de robarle otra cosa", pensó el bandido, "seguro que no anda trayendo

nada que valga tanto". Y agachándose, afirmó bien afirmado el sombrero. Antonio aprovechó para alejarse ligerito.

El ladrón esperó a que se perdiera de vista, levantó con cuidado una puntita de sombrero, metió la mano de golpe y... ¡zas! le dio un agarrón... a la piedra. —¡Auch!— gritó. No estaba la gallina.

—¡Reflautas!— exclamó muy enojado —este chiquillo me engañó. Ni bien lo pille, me las va a pagar.— Se encasquetó el sombrero y siguió apurado al niño.

Al ratito, Antonio miró de nuevo para atrás y vio al mismo hombre que lo iba alcanzando. Trepó, entonces, por el cerro hasta donde había una piedra grande, se sacó la manta, la dobló bien doblada, la puso en la piedra y apoyó el hombro contra ella como si estuviera haciendo mucha fuerza para atajarla.

Llegó el bandido, se paró debajito del niño y le preguntó:

—Dime, ¿qué estás haciendo con esa piedra?

—¡Cuidado!— le advirtió el muchacho, —esta piedra se va a caer y nos va a aplastar a los dos y a todita la gente de Toconce. ¿Por qué no la sostienes un ratito?, yo voy a buscar una estaca.

Se asustó el ladrón y apoyando su hombro contra la manta se puso a sujetar la piedra. Esperó mucho rato el hombre y el niño no llegaba, se estaba demorando demasiado. ¿Y cómo no se iba a demorar si había partido corriendo hacia el pueblo? Al rato el bandido pensó, "¡Uf, qué cansado estoy!, largaré la piedra, no importa que me aplaste a mí y a todo el pueblo". Soltó el hombre la piedra y ésta no se movió nada.

—¡Reflautas!— exclamó muy enojado —este niño me engañó otra vez. Ahora lo voy a alcanzar, le voy a robar todo lo que tiene y además le daré una feroz paliza— y corrió tras el muchacho.

Antonio iba llegando a Toconce. Ya podía ver las casas con sus muros de piedra y techos de paja desparramadas entre el verdor del valle protegido por áridos cerros. A medida que se acercaba, plantas y algarrobos crecían, cada vez más abundantes, a la vera del sendero. Volvió a mirar a sus espaldas y vio que el hombre se acercaba ahora corriendo. Rápidamente se arrimó a un algarrobo y comenzó a trenzar una cuerda.

El bandido llegó hasta donde él estaba:

—Dime, ¿qué haces con esa cuerda?— le preguntó.

—Estoy trenzándola para que quede más resistente— le dijo —porque la tierra va a darse vuelta y toditos nos caeremos, menos los algarrobos, por eso me voy a amarrar bien amarrado a este árbol.

—¿De veras?— se alarmó el hombre, y pensó, "si ha de darse vuelta, no seré yo quien se caiga", entonces le exigió al niño: —A mí me atas primero, y después te amarras tú si quieres.

Antonio hizo como que lo pensaba y luego aceptó:

—¡Está bien!— dijo —a ti te amarraré primero. Abrázate fuerte al algarrobo.

Así lo hizo el ladrón y Antonio lo amarró bien apretado.

—No aprietes tanto que me duele— se quejó el hombre, pero el muchacho siguió apretando. Cuando acabó de atarlo se fue al pueblo, compró la harina, la manteca y partió de vuelta. Llegó al lugar donde estaba el ladrón amarrado al árbol y éste le preguntó:

—¡Oye!, ¿cuándo me dijiste que iba a pasar eso que dijiste?

—¡Lueguito, lueguito!— le contestó el niño —pero mientras tanto, como está empezando a caer la helada me voy a llevar mi manta y mi sombrero para abrigarme. Le sacó el sombrero y la manta al bandido, se los puso y se fue silbando bien contento a su casa.

REPUBLICA DOMINICANA

EL HOMBRE
QUE ROBO
LOS CHIVOS

EL HOMBRE QUE ROBO LOS CHIVOS
*es un cuento folklórico que fue recogido por la
American Folklore Society y publicado inicialmente en
inglés en 1930 en el libro **Folklore from the Dominican
Republic**. Esta versión es de José Labourt, periodista y
autor de dos obras publicadas recientemente
por Editora Taller.
El ilustrador, Rafael Alvarez, es arquitecto y pintor
dominicano. Alvarez ha participado en innumerables
exposiciones internacionales y ha ganado varios premios.*

Un hombre del campo robó una docena de chivos, y para que diera cuenta de ello fue citado a la justicia.

Llamó a su compadre y le preguntó cómo podía defenderse ante el juez, de suerte que no recibiera ningún castigo.

—No se preocupe— le dijo el compadre. —A cada pregunta del juez comience a berrear como un chivo.

Cuando estuvo ante el tribunal, el juez preguntó:

—¿Por qué se robó usted los chivos?

Y el hombre contestó:

—¡Beeeee!
—No, señor, así gritaban los chivos cuando usted se los llevaba. Yo pregunto por qué los robó usted—, dijo el juez.

De nuevo el ladrón de chivos contestó:
—¡Beeeee!

El tribunal, creyendo falto de juicio al hombre ladrón de chivos, lo descargó de la acusación.
Estaba de vuelta en su casa cuando su compadre llegó a decirle:

—Compadre, usted está en libertad gracias a mi ingenio; yo quiero que usted me entregue la mitad de los chivos, en pago de mi buena idea.

Y el ladrón de chivos contestó:

—¡Beeeee!

BRASIL

LA APUESTA

LA APUESTA

es un cuento de la tradición oral brasileña. La versión que aparece en este libro es una creación de la periodista Suely Mendes Brazão, especialista en libros didácticos y crítica literaria. El cuento fue traducido del portugués por Carmen Rivera Izcoa, editora de este volumen.

El ilustrador, Adelfo Mikio Suzuki, es hijo de japoneses y vive en São Paulo. Inició su actividad profesional haciendo ilustraciones para un programa infantil en televisión y luego se dedicó a la publicidad, donde perfeccionó su formación gráfica. El medio rural en que creció Suzuki ha influenciado su estilo, lo que se detecta generalmente en sus trabajos sobre el entorno brasileño.

GLOSARIO

Cruzeiro: Moneda y unidad monetaria que se usaba en Brasil antes de 1985.

Minas Gerais: Estado de la región sureste del Brasil.

Sertón: Zona poco poblada del interior de Brasil, que por su clima seco y árido no es apta para la agricultura.

No había llovido en los últimos cinco años y doña Durvalina comprendió que era hora de cambiar de vida y abandonar el sertón de Bahía.

Vendió su terrenito, le dejó el perro y el loro a la comadre, juntó sus nueve hijos y decidió mudarse a la región de Minas Gerais, donde vivía una hermana suya.

Para tomar el tren había que caminar un largo trecho, que se hacía todavía más largo porque cada quien cargaba su lío de ropa. Al frente iba doña Durvalina con una cesta y dentro de ésta iba acurrucada la pata Dedé. No había querido deshacerse de ella, que al menos le garantizaba un huevo diario.

Tras caminar cuatro kilómetros, llegaron a la estación. Faltaba media hora para la salida, pero los escasos pasajeros ya comenzaban a abordar el tren. Con aire satisfecho, la mujer se dirigió al lugar donde vendían los boletos. No bien entró, observó una placa grande sobre la ventanilla que anunciaba, con llamativas letras rojas: PROHIBIDO VIAJAR CON ANIMALES.

"¿Y ahora? ¿Qué voy a hacer? ¿Abandonar a la pata Dedé? ¡Nunca!" Doña Durvalina le puso la tapa a la cesta, la cerró bien y siguió adelante.

—¡Diez pasajes, por favor! —le dijo al vendedor de boletos.

—¡Cuac! ¡Cuac! —se escuchaba a Dedé dentro

de la cesta.

—¿Cómo? —preguntó el hombre.

—Quiero diez boletos. ¿Cuánto es?

—¡Cuac!

—Son diez mil cruzeiros. Pero... ¿qué es lo que la señora lleva en esa cesta? ¿Un pato?

—No señor. No es un... —trató de explicar doña Durvalina con una sonrisa forzada.

—¡Cuac! —insistía la pata.

—No saca nada con mentir. Está prohibido llevar animales. ¿La señora no leyó el aviso?

Al escuchar la discusión, que iba subiendo de tono, los nueve hijos de doña Durvalina agarraron sus bultos, se levantaron del banco donde se habían sentado y se acercaron a su madre.

—Es que yo tengo nueve hijos y...

—Señora mía, abra la cesta, por favor. Es la ley...

—No es un pato —argumentaba la mujer, ya visiblemente nerviosa.

—Cuac... Cuac

—¿Que no? ¿La señora se cree que yo soy bobo? ¿O sordo? ¡Estoy oyendo al pato graznar! Antes de venderle los boletos la señora tendrá que abrir esa cesta —dijo el hombre con gesto decidido.

—Está bien, la abro. Pero vamos a hacer una apuesta. Si es cierto, como usted alega, que llevo un pato aquí adentro, se lo dejo de regalo y prosigo el viaje con mis hijos dentro de la ley. Pero... si no fuera un pato, viajaré de gratis con mis nueve hijos y además me llevaré a mi querido animalito...

—Voy a aceptar la apuesta sólo porque la señora ha reconocido que lleva un ave en la cesta. Además, porque me va a ser muy fácil ganarle. Usted verá... ¡Hoy voy a tener pato asado para la cena!

—No cante victoria antes de tiempo. El señor puede estar equivocado... ¡Insisto, por última vez, en que no tengo un pato dentro de esta cesta!

A esa altura, ya la cola detrás de doña Durvalina había crecido. Pero nadie se quejaba por la demora, pues todos querían saber el desenlace de aquella historia.

—No vamos a seguir la discusión. El tren se va a retrasar. ¡Vamos!, abra la cesta —requirió el hombre, ya impaciente.

—Está bien. El señor manda. Pero, ¿la apuesta está en pie?

—Sí, claro, claro.

Doña Durvalina abrió su cesta y en seguida Dedé asomó la cabeza.

—¡Cuac, cuac!

—¡Mira, mamá! —exclamó el menor de sus hijos— ¡la Dedé puso un huevo!

—¿No se lo dije, señor? Yo no llevaba un pato aquí adentro... ¡Es una PATA! ¡Gané la apuesta!

¡Gané la apuesta! —gritaba la mujer, mostrando el huevo por toda la fila.

—¡Que pague! ¡Que pague! —decían todos mientras reían a carcajadas.

El hombre no tenía salida: le dio los diez boletos a doña Durvalina mientras ella, feliz y contenta, agarraba la cesta empujando hacia adentro la cabeza del animal.

—¡Cuac! ¡Cuac!

NICARAGUA

La Piedra de Cuapa

LA PIEDRA DE CUAPA

*recogido de la tradición oral por Gladis Miranda, fue publicado en **Muestrario del folklore nicaragüense**, de Pablo Antonio Cuadra y Francisco Pérez Estrada. La adaptación que se incluye en este volumen fue realizada por la Editorial Nueva Nicaragua.*

*El ilustrador, Roberto Zúñiga López (Nicaragua, 1966), trabaja en dibujo humorístico y como ilustrador desde 1983. Su obra se encuentra dispersa en folletos, carteles y volantes. Colabora con la Editorial Vanguardia e ilustra **La Semana Cómica**, de Managua.*

GLOSARIO

zacate: *Plantas gramíneas que se utilizan como alimento de ganado.*

En el valle de Cuapa, departamento de Chontales, hay una enorme piedra que, según dicen los pobladores del lugar, cayó del cielo. Muy cerca de allí, a sólo una legua, se hallaba hace mucho tiempo la hacienda La Flor, donde vivía un matrimonio con una hija muy hermosa, tan hermosa, que los duendes que habitaban la casa se habían enamorado de ella. Por las noches ponían flores sobre su cama, y por el día, la seguían por todas partes. Hasta cuando iba en busca de agua le llenaban el camino de flores. A la madre, en cambio, como no la querían, le ponían espinas para hacerle daño. Le escondían el jabón cuando lavaba. Le robaban el hilo cuando cosía. Le rompían las tazas de porcelana que guardaba en la alacena, y para pagarle los destrozos, dejaban unas cuantas monedas que iban sacando de un cofre donde el matrimonio guardaba el dinero.

—¡Qué malos son estos duendes, me pagan con mi propio dinero! —decía la madre de la joven. Y sin terminar de decir la frase sentía que le tiraban el pelo por detrás.

Así estaban las cosas cuando un día el padre de la muchacha, que tenía un burro, lo fue a buscar y no dio con él. Lo buscó por acá, lo buscó por allá, lo buscó solo, lo buscó con los vecinos y nada. Cuando ya había perdido las esperanzas de hallarlo, lo encontró rebuznando sobre la inmensa piedra —la

misma piedra que está en el valle de Cuapa y que, según los pobladores del lugar, cayó del cielo—. Rebuznaba y rebuznaba y no paraba de rebuznar, porque no podía bajar de donde estaba.

"Esta es una maldad de los duendes", pensó el padre de la muchacha. Salió rápidamente para su casa. Entró pisando fuerte y llamó a su hija:

—Muchacha, tienes que ser menos despreciativa con los duendes —le dijo—, hazte la que le agradeces sus regalos. Si los duendes no bajan al burro, no podremos acarrear el agua ni sacar zacate.

La joven, temblando de miedo, pero obediente, suplicó a los duendes que bajaran el animal. Y como los duendes estaban enamorados de ella, por complacerla, llevaron al burro a la caballeriza. El padre recobró la calma, la madre sonrió y los vecinos se fueron para sus casas.

Parecía que todo se había arreglado en la hacienda La Flor..., pero cuando menos se lo imaginaban, volvieron los duendes a hacer de las suyas.

—Hay que acabar de una vez con ellos —decían todos. Alguien recordó que la música de cuerdas les producía a los duendes un dolor de cabeza insoportable. Y allí te va todo el mundo tocando un instrumento para derrotarlos. Pero cómo lo hicieron es para otro cuento.

Lo que sí es de éste, es que ahora los chontaleños

—así se llaman los habitantes de Chontales—, cuando ven a una persona arriba de la enorme piedra, suelen gritar en son de burla:

—¡Allá está el burro de Cuapa!

Y que quien se encuentra arriba les responde socarronamente:

—¡Allá están los duendes!

ECUADOR

EL GIGANTON CABELLUDO

EL GIGANTON CABELLUDO
*es un cuento basado en un mito agrario ecuatoriano,
recreado por Pierre Gondard. El autor es un
investigador francés que observó en los páramos
ecuatorianos las variadas formas en que las culturas
indígenas andinas protegen y enriquecen las
potencialidades del suelo.
Mariana Kuonqui, la ilustradora, nació en Bahía de
Caráquez en 1951. Estudió en la Facultad de Artes de la
Universidad Central del Ecuador y participa actualmente
en la ilustración de libros para los niños de su país.*

Hace muchos años un campesino llamado Tadeo compró, por unos pocos centavos, un lote de terreno.

—¿Y por qué te salió tan barato —le preguntó maravillada Lisa, su mujer—. ¿Estás seguro de que ésto no nos va a traer problemas?

—Seguro que no —contestó Tadeo. Esta tierra es buena y nos pertenece a nosotros, sólo a nosotros...

—¡Querrás decir a mí! —gritó una voz detrás de ellos.

Lisa y Tadeo se dieron la vuelta sobresaltados. Y cuál no sería su asombro al ver junto a ellos a un gigantón cabelludo. Tenía los ojos encarnizados, una nariz redonda y colorada como una remolacha, las cejas enmarañadas y las orejas largas y puntiagudas. Los cabellos, erguidos como las púas de un erizo, parecían una telaraña. Vestía un pantalón andrajoso, sostenido por piolas. Por los agujeros de su ropa asomaban las rodillas y los codos peludos. Y sus brazos eran los más largos que jamás se hayan visto.

—¡Lárguese de mi tierra! —gritó con voz estridente, mientras movía sus brazos como las aspas de un molino de viento.

—¿Su tierra? —preguntó Tadeo.

—Sí, mi tierra, heredada de mi padre gigantón.

—Usted no hablará en serio —replicó Tadeo—. Este terrenito acabo de comprarlo yo.

—¡Lárguese! —gritó nuevamente el gigante,

pataleando con furia— Yo estaba aquí antes que usted.

—Aquí estoy y aquí me quedo —dijo Tadeo—. Esta tierra es mía.

Entonces intervino Lisa:

—Quizás hay una solución Tadeo. Tú siembras y luego compartimos la cosecha con el gigante.

Tadeo no veía muy claramente lo que se podía lograr con ese arreglo. Pero Lisa añadió en seguida:

—¿Cuál mitad de la cosecha quiere usted, gigante? ¿La de encima o la de abajo?

—¿La de qué?

—¿Quiere usted quedarse con la parte que crece encima de la tierra o con la que crece debajo? ¿Cuál de las dos prefiere? Escoja, pues.

—Tomaré la de encima —contestó riendo burlonamente—. ¡Ustedes se quedarán con las raíces!

Entonces Tadeo y el gigantón cabelludo sellaron el pacto golpeándose las palmas de la mano y el gigante se marchó.

—¡Magnífico! —dijo Lisa—. Sembraremos papas.

Después de arar el lote, Tadeo sembró papas. Quitó las malezas con el azadón y cuidó de la sementera. Al momento de la cosecha el gigantón cabelludo volvió para reclamar su parte.

—¡Ah, aquí está usted! —dijo Tadeo—. Tome todo lo de encima que es suyo: lindas hojas verdes que no sirven para nada, pero en fin, son suyas.

—¡Eso es una pillería! —gritó el gigante—. ¿Usted es un tramposo!

—Un pacto es un pacto, gigante. Ahora, tome usted sus hojas y váyase.

—¿Y qué quiere usted para el próximo año? —preguntó Lisa—. ¿Tallos o raíces?

—¡Raíces, desde luego! La próxima vez ustedes se comerán los tallos.

Dicho ésto, el gigante cabelludo desapareció.

—¿Y ahora, qué haremos? —preguntó Tadeo a su mujer.

—Sembraremos habas, querido. El gigante se llevará las raíces, si quiere.

Luego de sacar todas las papas y dejar lista la tierra, Tadeo sembró habas. Semanas después, salieron las plantitas. Y cuando llegó el gigante cabelludo a buscar su parte de la cosecha, la parcela era una espesa alfombra verde-azulada ondeando bajo el sol y el viento.

—Bueno —dijo Tadeo— para mí los tallos, para usted las raíces.

El gigante gritó enfurecido:

—¡Otra vez me engañaste, sinvergüenza! Te voy a...

—Usted no me va a hacer nada —contestó Tadeo—. El pacto tiene que cumplirse.

—De acuerdo, hijo, has ganado. Pero el próximo año sembrarás cebada. Y compartiremos la cosecha de la siguiente manera: tú empezarás por este lado y yo por este otro. Cada uno se quedará con lo que haya segado.

Tadeo miró los brazos largotes del gigante y se dio cuenta de que podrían segar con más rapidez que los suyos.

—No, no es justo —dijo.

Pero tuvo que pactar y el gigante se marchó riendo burlonamente. Cuando Tadeo puso a Lisa al corriente de lo acordado, la mujer se quedó pensando un rato.

—Supongamos que una parte de esta cebada tenga tallos más duros que la otra parte —dijo—. Costará más esfuerzo cortarla y será necesario afilar la guadaña continuamente.

—¡Ah! —dijo Tadeo, es una suerte que el gigante cabelludo no tenga una mujer tan inteligente como tú.

Tadeo aró su parcela y sembró cebada, mezclándola con semilla de chocho en la parte que le tocaba cosechar al gigante. La cebada creció muy bonita.

El día fijado para la siega, el gigante cabelludo llegó de madrugada. Tenía en su mano una hoz

enorme. Tadeo empezó a cortar la cebada, moviendo la guadaña con un gesto amplio y ágil. El gigante, en cambio, tenía que emplear fuertes golpes, por el tallo leñoso de las matas de chocho. Sudaba, jadeaba, se detenía...

—¡Parece que los tallos están más duros por aquí! —gritó.

El gigante le sacaba filo a la hoz y seguía cortando. De vez en cuando, se paraba a secarse la frente con su manga.

—¡Ya no puedo más! —gemía.

—¡Qué raro! —contestaba Tadeo.

El gigante cabelludo se esforzó nuevamente, moviendo la hoz con energía desesperada. Pero a cada golpe la mellaba más. Al fin, se desplomó en el suelo lleno de rabia. Se levantó, lanzó al viento un puñado de malas palabras y se marchó a grandes pasos, jurando vengarse al año siguiente, con o sin pacto.

Tadeo y Lisa se felicitaron por su nuevo éxito. Además de la cebada de toda la parcela, recogieron el chocho que habían sembrado en la parte que correspondía al gigante.

—Tres años, tres buenas cosechas, y el gigante no pudo quitarnos nada. Mujer, ahora merecemos un descanso y el terreno también —dijo Tadeo con un suspiro y una mirada de satisfacción—. Nos ha resultado tan buena tu idea, que en adelante volveremos a sembrar la tierra en la misma forma, empezando con las papas.

El gigante cabelludo no volvió a aparecer y poco a poco los campesinos de la comarca fueron imitando la forma de sembrar de Tadeo y las generaciones siguientes continuaron la costumbre de alternar los cultivos.

COLOMBIA

Minisurumbullo
y El Dulce
de Icaco

MINISURUMBULLO
Y EL DULCE DE ICACO

es un cuento de la tradición oral de Santa Fe de Bogotá. La recopiladora-adaptadora de esta versión, Gabriela Arciniegas, es autora de varios cuentos para niños, entre ellos **Una casita en el aire** *(Plaza y Janés, 1982) y* **El misterio de Candleia** *(Editorial Norma, 1986).*

La ilustradora, Diana Castellanos, es actualmente Directora de Arte del Proyecto de Literatura Infantil de Editorial Norma y ha trabajado en la ilustración de varias obras para niños.

Es bien sabido que los ratones construyen grandes ciudades bajo las plazas y avenidas de las poblaciones humanas. Allí, bajo tierra, sin que nadie se dé cuenta, eligen reyes, forman ejércitos, libran batallas, tienen genios, héroes... Todo muy bien, pero esta historia nada tiene que ver con personajes tan importantes sino con una humilde familia de ratoncitos campesinos que tenía su madriguera bajo una mata de reseda al pie de una mata de retama junto a una mata de moras en un potrero que había en las afueras de una tranquila aldea.

Adentro, el huequito tenía varios cuartos, pues la familia era numerosa. Tenía su puerta principal y su puerta secreta para el caso de que necesitaran despistar a algún enemigo, cosa que nunca ocurría: el vecindario era sumamente tranquilo. El único que utilizaba la puerta secreta era el menor de la familia para salir a hacer sus pilatunas.

Este se llamaba Minisurumbullo, pero todos los nombres de ratón son larguísimos y todos se abrevian, así que a Minisurumbullo lo llamaban "Mi". Mi era todo gris, menos la lengüita rosada con que se bañaba, las uñas y los dientecitos blanquísimos y los pícaros ojos de chispita negra.

Una mañana salió por la puerta secreta en busca de aventuras. Como los demás dormían, nadie lo vio salir.

Corrió por los potreros tan rápido que por poco pierde su sombra. Llegó a la aldea tan rápido que casi llega sin cola. La aldea como siempre olía... ¡olía delicioso!

Mi se metió por la rendija de una puerta y se encontró en una cocina llena de perfumes apetitosos, pero también llena de gente.

—¡Auxilio! ¡Un ratón! —gritó alguien.

—¡Aquí hay una escoba! ¡Déle! —gritó alguien más.

—¿Cuál ratón?

—Ahí estaba.

—¡Qué va! No hay nada.

Mi, escondido detrás de la estufa, suspiró de alivio. Había comprobado que no había gato, porque lo habrían llamado.

La gente de la cocina estaba muy ocupada y nerviosa. Estaban preparando el almuerzo para una visita encopetadísima. Todo lo que hacían era tentador, pero Mi tenía los ojos puestos en el dulce. Era dulce de icaco.

Ya casi nadie ha vuelto a hacer dulce de icaco en las casas. En todo caso, es una fruta ovalada, de color gris. Los icacos estaban en una olla, pero Mi vio cuando los pasaron a una vasija que dejaron sobre la mesa. Esperó con paciencia. Cuando se fue la última persona de la cocina, salió disparado de su escondite.

Saltó a la mesa, luego a la vasija. ¡Increíble quedar nadando en almíbar! Probó una fruta, pero en realidad el almíbar era lo que más le gustaba. Escondió la semilla de icaco bien abajo. Quiso seguir bebiendo almíbar, pero hacía tanto calor y era tanta la dulzura que lo invadió el sueño. Entre sueños oyó la voz de un niño muy pequeño:

—¡Ay, mamacita, qué cosas más ricas! ¿Puedo probar algo?

—No, ahorita no; pero te voy a dejar sentar a la mesa con los grandes. Eso sí, tienes que estar muy juicioso. Nada de comer con la mano ni hablar cuando los grandes estén hablando ni decir que la comida está fea. Te comes todo lo que te sirvan sin decir nada.

Tal vez me debería ir, pensó Mi, pero, como estaba pensando dormido, se quedó donde estaba. Fue cayendo en un sueño cada vez más profundo. Enrolladito, cubierto completamente de almíbar y tan chiquito como era, parecía un icaco más en el dulce.

Lo despertó un fuerte sacudón. Mi se paralizó de miedo. Estaban alzando la vasija. La llevaban al comedor. Con una cuchara grandísima alguien comenzó a sacar de a dos en dos icacos, y cada vez un poco de almíbar. Ya no quedaba más remedio que seguir fingiendo ser un icaco. Pidió silenciosamente a

San Francisco de Asís, el santo de los animales, que lo salvara de algún modo —pero no veía cómo.

A los grandes les sirvieron de a dos, y finalmente al niño le sirvieron uno, el último.

—Mamacita —dijo el niño—. ¿Esto qué es?

—Dulce de icaco, mijito. Pruébalo. Es delicioso.

El niño se quedó mirando el plato.

Los grandes siguieron conversando y, aunque al niño le había dicho la mamá que no debía interrumpirlos, al ratico dijo:

—Mamacita...

—¿Sí, mijo?

—¿Los icacos tienen unos ojitos negros?

—¡Ah, qué niño más necio! Los icacos no tienen ojitos negros, ni ninguna clase de ojitos. Come juicioso y no molestes.

El niño siguió mirando el plato, mientras los grandes seguían hablando de cosas serias, de política; pero al ratico volvió a interrumpir:

—Mamacita...

—¿Sí, mijo?

—¿Los icacos tienen orejitas redondas?

—¡Cállate y no molestes más! ¡Qué van a tener orejitas redondas ni ninguna clase de orejas!

El niño siguió mirando su plato. Al ratico dijo:

—Mamacita...

—¿Sí, mijo?

—¿Pero bigoticos sí tienen?

—¡Come y no sigas diciendo tanta bobada! —lo regañó la mamá—. ¡Qué va a tener bigoticos un icaco!

Y siguieron hablando los grandes de política, de negocios. El niño siguió mirando el plato.

—Mamacita... —volvió a interrumpir—. ¿Pero una colita sí tienen?

—¡Qué va a tener cola un icaco! —dijo la mamá y lo regañó otra vez.

El niño siguió mirando el plato. Pasó un rato más largo. Los grandes hablaban.

—Mamacita...

—¿A ver, mijo?

—¿Pero paticas sí?

En ese instante, Mi saltó del plato. Las señoras se subieron a los asientos y se pusieron a gritar como sirenas de bomberos. La mamá del niño se desmayó. El niño se puso pálido, después colorado, después le dio un ataque de risa.

Minisurumbullo saltó de la mesa. Corrió y corrió. Salió por la rendija de una puerta, se encontró en una cocina llena de perfumes apetitosos, potreros y cercas hasta que llegó a una mata de moras, una de retama y una de reseda. Se metió bajo la mata de reseda y encontró el huequito de la entrada principal de su casa. Se dejó caer como un bólido.

—¡Hola, Mi! —gritaron los demás ratoncitos—. ¿Dónde estabas? ¡Cuenta! ¡Cuenta!

Y sus padres, abuelitos, primos, tíos, hermanos y hermanas empezaron a limpiarlo con sus lengüitas mientras contaba. Le quitaron de encima pajas y polvo, hasta que ya no había sino almíbar y más almíbar de icaco. Estaba delicioso, en el punto preciso para saber a gloria. Embelesados escuchando la increíble aventura, lo lamían y lo lamían y lo lamían y lo lamían y lo lamían y lo seguían lamiendo.

—Me encanta una historia así —dijo la abuelita secándose un par de lágrimas—. Tiene un final tan dulce...

CUBA

El Leon
Y El Mosquito

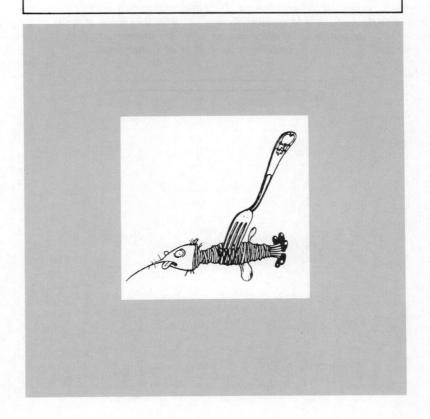

EL LEON Y EL MOSQUITO
*es una antigua fábula, recreada por el pedagogo
Herminio Almendros y recogida en su libro para niños
Cuentos de animales. El autor es de origen español y se
radicó en Cuba en 1939, donde continuó su labor
pedagógica. Ha publicado numerosas obras para
niños y maestros.
El ilustrador, Manuel Tomás González Daza es
graduado del Instituto Superior de Arte de Cuba, con
especialidad en pintura. Ha ganado diversos premios y
ha participado en exposiciones colectivas en los géneros
de pintura, dibujo e ilustración. Actualmente trabaja
como ilustrador en la Editorial Gente Nueva.*

Estaba un león durmiendo la siesta, cuando se le acercó un mosquito sonando la trompetilla.

El león se despertó enfadado:

—¿Qué vienes a hacer aquí con ese ruido?

—Pues vengo de paseo.

—¿Cómo te atreves a despertarme a mí, que soy el rey de los animales?

—¡Vaya un rey! Usted tiene muy mal genio, pero yo no le tengo miedo.

—¿Que no me tienes miedo? ¡Ahora verás quién soy yo!

El león se levantó con la boca abierta, pero el mosquito se le metió en la nariz y lo picó con toda su fuerza.

—¡Ay, mi nariz, mi nariz! — y estornudó el león.

Salió el mosquito volando y se le metió en una oreja.

—¡Ay, mi oreja, mi oreja! ¡Sal de ahí, maldito!

El mosquito seguía picando con todas sus fuerzas, y el león daba saltos y se revolcaba en la yerba sin poder librarse de él.

Por fin se fue el mosquito haciendo burla:

—¿No decías que eras el rey? ¿Qué te ha parecido la paliza? Voy a decírselo a los demás para que se rían.

Cuando iba así, volando, tropezó con una telaraña, se quedó en ella enredado y al momento la araña se comió al mosquito.

INDICE

El programa de Coedición Latinoamericana de Libros
para Niños, promovido por el Centro Regional para el Fomento
del Libro de América Latina y el Caribe, CERLALC,
con el concurso financiero de la UNESCO,
agrupa a editoriales privadas y estatales de los
países latinoamericanos, con el fin de difundir la literatura infantil
propia de nuestro entorno y de hacer más asequibles
los libros, por medio del sistema de coedición que permite repartir
entre todos los participantes los altos costos de la producción
editorial y obtener un producto de alta calidad a bajo precio.